Ye

26397

ODE

SUR LA PAIX.

PAR LE C⁺ LESPINASSE,

MEMBRE DU SÉNAT-CONSERVATEUR (1).

(1) L'auteur prévient que l'impression de cette ode n'est pas sa publication, mais seulement un moyen plus prompt que les copies manuscrites de communiquer cet ouvrage à ses amis.

DE PRONY

I

$Y+$ ———— (1801)

ODE

SUR LA PAIX.

~~~~~~~~~~~

Quann de ses chansons immortelles
Pindare va charmer les dieux,
Sous sa lyre étendant ses ailes
L'aigle le ravit dans les cieux :
Je suis de loin ton vol rapide,
Chantre des héros; sois mon guide,
Soutiens mes généreux efforts;
Et vous, astres dont Uranie
Sous mes pieds regle l'harmonie,
De mon luth suivez les accords.

Lorsque l'univers prit naissance,
Le crime encore peu connu
Empruntoit de l'humble innocence
La candeur et l'air ingénu.
Aujourd'hui plus d'hypocrisie :
Par-tout l'impudence applaudie
Se montre sous ses propres traits.
O honte du siecle où nous sommes!
On ne rougit plus chez les hommes,
On triomphe de ses forfaits.

Quel pinceau, quelle main hardie,
Sous ses véritables couleurs
Osera peindre ici l'impie,
Et nous retracer ses fureurs?
Assis sur les débris d'un temple,
Jouissant des maux qu'il contemple;
Donnez-moi, dit-il, un burin :
Dussé-je être réduit en poudre,
Je veux, expirant sous la foudre,
Graver mes crimes sur l'airain.

En est-ce un, dieux imaginaires,
D'ouvrir les yeux des nations
Sur les sacriléges mysteres
Qui consacroient vos passions?
Et vous, prêtres du fanatisme,
Si fiers d'avoir du paganisme
Brisé les profânes autels,
Avez-vous, docteurs incrédules,
Par des fables moins ridicules
Égaré les foibles mortels?

Tonnez, sombres énergumenes,
Tyrans sacrés de l'univers;
Pour nous retenir dans vos chaînes
Sous nos pas ouvrez vos enfers.
Le sage rit de ces chimeres:
Et nous, plus hardis que nos peres,
Sachons être aussi plus heureux:
Sans songer que d'une autre vie
Celle-ci puisse être suivie,
De nos plaisirs faisons nos dieux.

Qu'importe de quelle maniere
La mer creusa ses lits profonds;
Quelle main arrondit la terre,
Et la fit tourner sur ses gonds?
Aux effets qu'importent leurs causes?
Pour l'embellir, semons de roses
Un temps, hélas! trop limité:
Et sans soins, comme sans système,
Jouissons du bonheur suprême
Dans les bras de la volupté.

Ainsi, grand dieu, de ta justice
Provoquant les traits enflammés,
Nous creusâmes le précipice
Où nos pas se sont abîmés.
En vain sur nos têtes coupables
Grondent tes foudres redoutables;
Ces avertissements sont vains:
Quand tu veux poser ton tonnerre,
Les nouveaux crimes de la terre
Le rallument entre tes mains.

Aussi d'une guerre éternelle
Eprouvons-nous tous les fléaux;
Aussi de la race mortelle
Le sang coule-t-il à grands flots.
Par-tout des villes renversées,
Ou des nations dispersées,
S'offrent à nos tristes regards.
Rois, la flamme embrâse vos trônes,
Et les débris de vos couronnes
Sement l'effroi de toutes parts.

Dieu, qui fis l'homme à ton image,
Et qui l'accables aujourd'hui,
Frappe l'ennemi qui t'outrage;
Mais serois-tu moins grand que lui?
L'homme à l'homme faisant la guerre
Sait mettre un terme à sa colere;
Pour toi seul n'en est-il jamais?
Quand l'enfer comblé de victimes
Les repousse de ses abîmes,
Qu'attends-tu pour briser t s traits?

Je m'égare... ô souverain être !
Adorons tes desseins secrets,
Sans nous efforcer de connoître
Où tendent tes vastes projets.
Des nuages inaccessibles
Couvrent les ressorts invisibles
Qui font mouvoir cet univers ;
Et ton bras caché qui les guide
Conduit l'enchaînement rapide
Des fortunes et des revers.

Est-ce à l'homme, qu'un souffle animè,
Est-ce à l'homme, œuvre de tes mains,
De sonder l'éternel abyme
Où vont se perdre ses destins ?
A peine il sort de la poussiere,
Qu'aux cieux levant sa tête altiere,
Il prétend réformer tes lois,
Et pénétrer la nuit profonde
Qui couvroit tout, lorsque le monde
Du néant sortit à ta voix.

Confonds l'insensé qui s'arroge
Le droit de blâmer tes décrets :
Extermine qui t'interroge
Sur la rigueur de tes arrêts ;
Mais sois l'appui du peuple sage
Dont l'inébranlable courage
Luttant contre l'adversité,
Au sein des plus rudes épreuves,
T'a donné de constantes preuves
D'une invincible fermeté.

Tu nous vois, des lambris célestes,
En butte à mille factions,
Renverser les ligues funestes
Des plus puissantes nations ;
Elles arment la terre entiere :
Nous ne craignons que ta colere :
Aux cieux tranquillement assis,
Pour nous juger prends ta balance ;
Dans un côté place la France,
Dans l'autre tous ses ennemis.

Pese nos vertus et nos crimes :
Du généreux peuple français
Compare les chefs magnanimes
Aux despotes qu'ils ont défaits ;
Compare les tyrans des ondes
Aux libérateurs des deux mondes ;
Compare des hommes aux dieux :
Non moins grande est la différence
Des héros soutiens de la France
A tous les rois armés contre eux.

Qu'au sein du meurtre et du carnage
Sur ses défenseurs expirants
Les Romains renversent Carthage :
Les soldats français sont plus grands ;
Jamais des haines implacables
N'ont de ces conquérants aimables
Fait un peuple de meurtriers ;
Jamais l'abus de la victoire
N'a terni l'éclat de la gloire
De ces invincibles guerriers.

Muses, leur sang coule en mes veines :
Il me fit, dès mes jeunes ans,
Des bords fleuris de vos fontaines
Voler sur leurs pas triomphants :
Je vous quittai dans le bel âge,
Je vous quittai lorsque plus sage
Je suivis le jeune héros
Qui dans mes mains remit le foudre *
Qui cent fois fit mordre la poudre
A ses audacieux rivaux.

A regret son bras redoutable
S'est armé du fer destructeur ;
Mais malheur au peuple coupable
Sur qui tombera sa fureur !
A ses légions invincibles,
Germains, quels forts inaccessibles,
Ou quels monts opposerez-vous ?
Contre les traits de sa colère
Quel abri trouver sur la terre ?
Elle n'a point d'Alpes pour nous.

(1) Peu après mon arrivée en Italie, le général Bonaparte
me confia le commandement de l'artillerie de son armée.

Où suis-je? quel nouveau délire !
Du Simplon les rocs sourcilleux
Ebranlés au son de ma lyre
Semblent crouler avec les cieux :
Ses rochers, ses bois, ses montagnes
Comme de riantes campagnes
Par nos bataillons sont franchis ;
J'entends gronder en Italie
Notre invincible artillerie,
J'entends les chants de nos conscrits.

Au champ d'honneur ils vous devancent,
Français ; vos enfants généreux
Aux combats du berceau s'élancent :
Les dangers sont leurs premiers jeux ;
La valeur même est écrasée ;
Tout cede à l'ardeur embrasée
De ces intrépides soldats :
A travers la flamme et l'orage,
Les cris, le sang et le carnage,
Bonaparte guide leurs pas.

France, prends ton habit de gloire :
Des peuples ligués contre nous
Les rois nous cedent la victoire :
Ils vont tomber à tes genoux.
Foibles soutiens d'un vaste empire,
Que vous-mêmes sûtes détruire,
Princes, instruits par vos revers,
Plus modestes, venez apprendre
De quel homme pouvoit dépendre
La fin des maux de l'univers.

Quand les dieux ardents de colere
Pour punir l'homme armé contre eux
Font descendre Mars sur la terre,
Et rentrer la paix dans les cieux;
Quand de sang les astres se couvrent,
Quand sous nos pas les enfers s'ouvrent,
Où trouver parmi les mortels
Des hommes grands et magnanimes,
Qui puissent expier nos crimes,
Et désarmer les immortels?

Sont-ce les rois, maîtres du monde,
Quand leurs desseins ambitieux
Ensanglantent la terre et l'onde,
Qui pourroient désarmer les dieux?
Ils le peuvent, quand la sagesse
Triomphe de la folle ivresse
De leurs chimériques projets;
Ils le peuvent, quand sur la terre
On n'entend bruire leur tonnerre
Que pour y ramener la paix.

Tel est le caractère auguste
Du Consul chéri des Français:
Il n'est pas roi, mais il est juste,
Et plus puissant qu'eux, sans sujets.
Il a calmé tous les orages,
Des peuples conqui les suffrages,
Des dieux relevé les autels;
Des dieux ! dont il tient la prudence,
Qui fait tomber par la clémence
Les armes des mains des mortels.

Qui désormais. .? Muse indiscrete,
N'humilions pas nos rivaux;
Disons, en peignant leur défaite :
Nous avons vaincu des héros.
N'ont-ils pas eu leurs jours de gloire?
Modeste au sein de la victoire,
Pleurant leurs malheurs avec eux,
Bonaparte leur rend leurs villes,
Leur commerce, leurs champs fertiles,
Leurs lois, leurs temples, et leurs dieux.

Qui n'a pas répandu de larmes,
Qui n'a pas connu le malheur,
Ne connoît pas non plus les charmes
D'un retour si prompt au bonheur,
Peuples, oublions nos querelles :
Marquons de bornes éternelles
Tous les états de l'univers;
Unissons-les tous à la France,
Et n'en faisons qu'un peuple immense
Formé de cent peuples divers.

FIN.

www.ingramcontent.com/pod-product-compliance
Lightning Source LLC
Chambersburg PA
CBHW072358190626
46811CB00020B/1987